SACRA█

Y0-BTZ-294

SACRAMENTO, CA 95814

11/2023

Todo tipo de amigos

Mis amigos usan aparatos ortopédicos

por Kaitlyn Duling

Bullfrog
en español

Ideas para padres y maestros

Bullfrog Books permite a los niños practicar la lectura de texto informativos desde el nivel principiante. Las repeticiones, palabras conocidas y descripciones en las imágenes ayudan a los lectores principiantes.

Antes de leer

- Hablen acerca de las fotografías. ¿Qué representan para ellos?

- Consulten juntos el glosario de fotografías. Lean las palabras y hablen de ellas.

Durante la lectura

- Hojeen el libro y observen las fotografías. Deje que el niño haga preguntas. Muestre las descripciones en las imágenes.

- Léale el libro al niño o deje que él o ella lo lea independientemente.

Después de leer

- Anime al niño para que piense más. Pregúntele: ¿Conoces a alguien que use aparatos ortopédicos? ¿Qué actividades hacen juntos?

Bullfrog Books are published by Jump!
5357 Penn Avenue South
Minneapolis, MN 55419
www.jumplibrary.com

Copyright © 2020 Jump! International copyright reserved in all countries. No part of this book may be reproduced in any form without written permission from the publisher.

Library of Congress Cataloging-in-Publication Data is available at www.loc.gov or upon request from the publisher.

ISBN: 978-1-64527-015-7 (hardcover)
ISBN: 978-1-64527-016-4 (paperback)
ISBN: 978-1-64527-017-1 (ebook)

Editor: Susanne Bushman
Designer: Molly Ballanger
Translator: Annette Granat

Photo Credits: Tad Saddoris, cover, 5, 23bl; duaneellison/iStock, 1, 4, 22bl, 22tr, 23tr, 24; Dan Race/Shutterstock, 3; Science Photo Library/Getty, 6–7; Olesia Bilkei/Shutterstock, 8–9, 14–15; Jaren Jai Wicklund/Shutterstock, 10, 11, 22tr; Sally Anderson Weather/Alamy, 12–13; Ahturner/Shutterstock, 16, 17, 23tl; Huntstock/Getty, 18–19; Special Olympics, 20–21; jarenwicklund/iStock, 22br; Tony Stock/Shutterstock, 23br.

Printed in the United States of America at Corporate Graphics in North Mankato, Minnesota.

Tabla de contenido

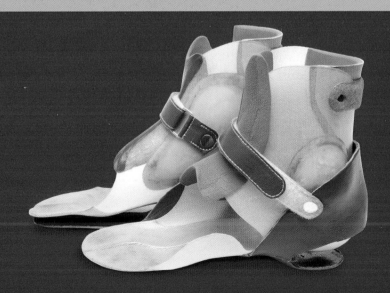

Estos son aparatos ortopédicos. ¿Qué hacen?

aparato ortopédico

Apoyan las partes del cuerpo.

El aparato ortopédico de Meg le ayuda con su tobillo.

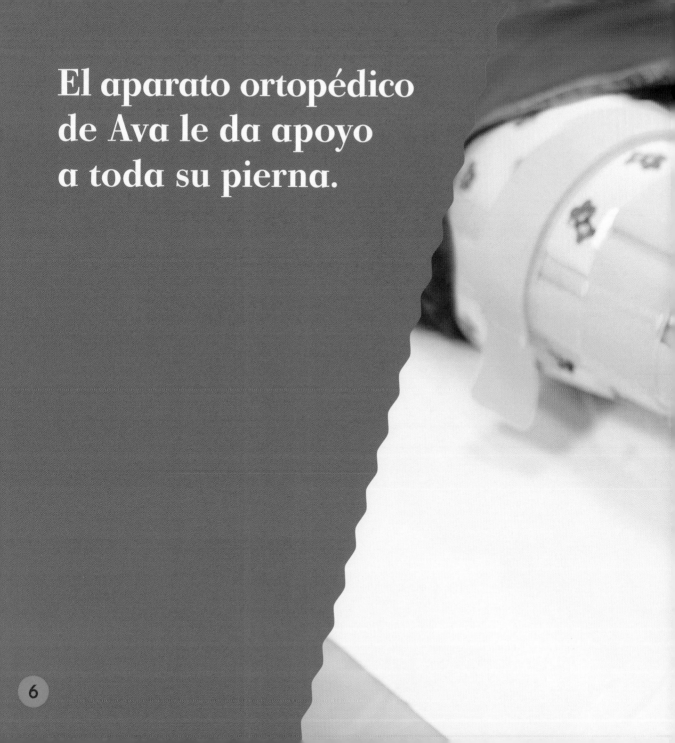

El aparato ortopédico de Ava le da apoyo a toda su pierna.

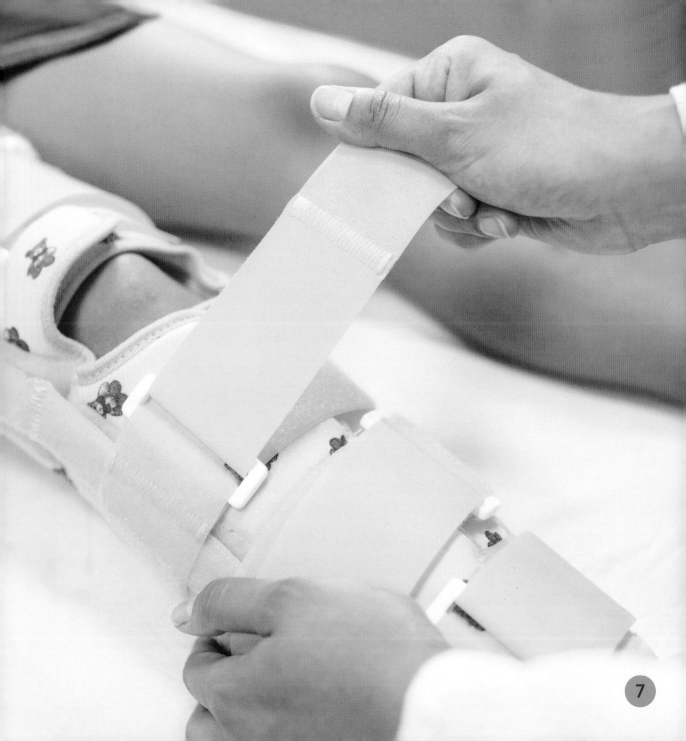

Val está en mi clase.

Ella usa aparatos ortopédicos.

¡Jugamos!

¡Es divertido!

¡El papá de Mark ayuda!

Se preparan.

silla de ruedas

Mark va a la escuela.

Él usa una silla de ruedas.

aparato
ortopédico

Juan usa un aparato
ortopédico.

Va a la playa.

Busca conchas
de mar.

¡Qué bonito!

Tito hace ejercicios.

Ayudan a sus músculos.

Él se vuelve más fuerte.

La hermana de Delia usa aparatos ortopédicos.

Ella también usa
una andadera.

Le ayuda a moverse.

andadera

17

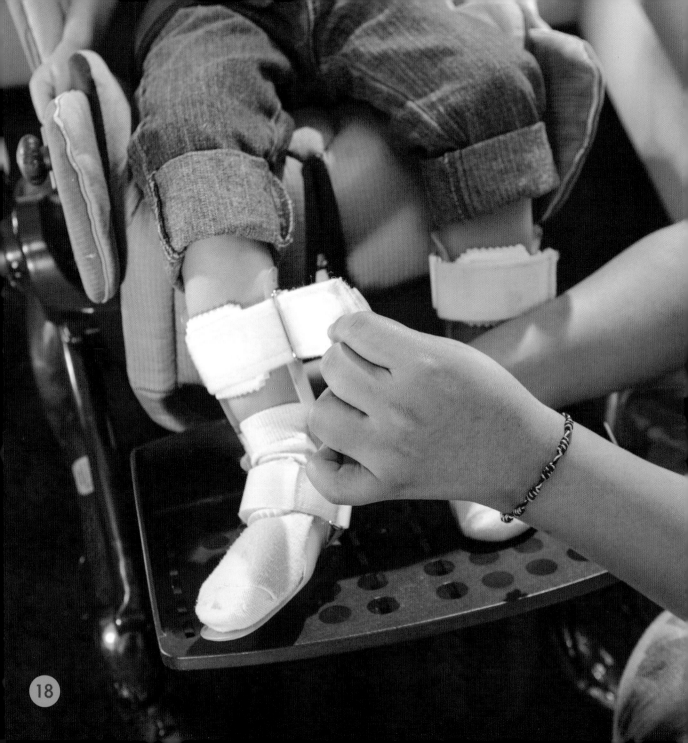

Los aparatos ortopédicos vienen en muchos tamaños.

Tamy crece.

¡Ella consigue aparatos ortopédicos más grandes!

¡Genial!

Corremos.
Jugamos.
¿Listos? ¡Vamos!

Herramientas útiles

andadera
Una andadera soporta el peso de una persona mientras que él o ella camina o corre. Algunas tienen ruedas.

aparatos ortopédicos
Los aparatos ortopédicos ayudan a dar apoyo a piernas o tobillos débiles.

bastones
Los bastones les ayudan a las personas a permanecer estables y en equilibrio mientras que caminan o corren.

silla de ruedas
Una silla con ruedas usada por gente que no puede o a quien le cuesta caminar.

Glosario de las fotografías

andadera
Un aparato que ayuda a apoyar a alguien mientras que él o ella camina.

aparatos ortopédicos
Herramientas unidas a las piernas para ayudar a que una persona camine, se pare, se equilibre y crezca.

apoyar
Ayudar aguantando el peso de algo.

músculos
Los tejidos conectados a un esqueleto, que halan los huesos para hacer que se muevan.

Índice

Para aprender más

Aprender más es tan fácil como 1, 2, 3.

❶ Visite www.factsurfer.com

❷ Escriba "misamigosusanaparatosortopédicos" en la caja de búsqueda.

❸ Haga clic en el botón "Surf" para obtener una lista de sitios web.